HISTOIRES
ROSES ET NOIRES.

Par LÉO LESPÈS.

PARIS,
1842.

HISTOIRES

ROSES ET NOIRES.

HISTOIRES ROSES ET NOIRES,

Par LEO LESPÈS.

PARIS,
Rue Montmartre, 180.
1842.

Imprimerie de JULES-JUTEAU et Cᵉ,
RUE SAINT-DENIS, 345.

ENTRE

QUATRE PLANCHES,

IMPRESSIONS DE CERCUEIL.

..... J'avais été le matin même avec Clarisse, ma belle et rieuse compagne, cueillir des bleuets et des pavots écarlates sur les hauteurs de Belleville.... Clarisse s'en étant fait une couronne, avait ceint orgueilleusement sa chevelure d'ébène de cette guirlande de fleurs des champs ; mais Clarisse avait ce jour-là une petite robe de mousseline à bouquet qui lui allait si bien!.. Ses yeux bleus étaient si brillants que... je ne sais comment... nous effeuillâmes sa couronne en route...

Nous descendions tous deux, Clarisse et moi, vers trois heures après-midi, ce même jour, elle , rêvant peut-être à sa couronne perdue , moi, insouciant comme l'est encore tout célibataire à vingt-cinq ans, lorsqu'il plut à la Providence de me frapper. Au moment où j'allais entrer avec Clarisse chez le grand Passoir, ce Vatel célèbre du faubourg du Temple, au moment où nous projetions de finir notre soirée à la Gaîté, où Francisque aîné jouait alors le *Sonneur de Saint-Paul*, Dieu sembla détacher un des nuages du ciel pour en couvrir mes yeux !.. Tout mon sang , comme une mer en furie, s'élança vers mon cerveau... Je vis danser le boulevard, et ses arbres verts, et ses théâtres, et le ciel d'azur , et les trottoirs d'asphalte... Je vis des flammes rouges et des figures fantastiques qui semblaient circuler dans l'air... Je sentis mes jambes se dérober sous moi... le bras de Clarisse elle-même, de ma bonne et gentille Clarisse, échappa à mon bras.... Je ne vis plus la joyeuse compagne de ma vie d'artiste ; sa blanche figure devint noire et livide.... Et tout-à-coup je me sentis englouti dans un chaos ténébreux ! ! !. . . . .

. . . . . Je ne sais pas combien de temps je demeurai séparé par l'esprit et la pensée du reste du monde ; je ne sais pas ce que j'ai vu pendant la longue insensibilité de mon corps ; j'ai comme un souvenir confus de vierges, de petits anges chantant au lutrin... Il me semble aussi avoir aperçu le visage de ma bonne mère, morte depuis si long-temps, morte en me mettant au monde.... Elle pleurait en me disant : *Viens, pauvre petit, je t'attendais!..* et elle pleurait, ma bonne mère, que je n'ai jamais vue... On pleure donc aussi en paradis, dis-je en voulant essuyer une de ses larmes... Mais, ô surprise ! elles étaient massives, les larmes de ses yeux... Les élus du Seigneur ne pleuraient que des diamants!!

.... . Quand je sortis de cette longue nuit qui avait enveloppé de ses crêpes funèbres mon intelligence endormie, je n'étais plus avec Clarisse... j'étais couché sur le dos, sur un marbre, derrière une grille.... Je sentais le froid....j'étais sans vêtements. Une foule curieuse se pressait à cette grille dont j'ai parlé, et me regardait avec avidité...

— Tiens, disait une jeune fille en me montrant du doigt, qu'est-ce qu'il s'est fait ?

— Oh ! répondit sa compagne, *il n'est pas drôle*, il n'a pas du tout de sang !.. C'est pourtant quelque chose de bien... Il avait des pantalons à dessous de pied et un gilet de velours ! Plus que ça de genre ! ..

La Mère Bacquard.

— C'est vrai, observa la première jeune fille, il a l'air d'un vivant... c'est *cauchemardant* ; j'aime encore mieux ce noyé. . . . . . .

Où étais-je ?.. à la Morgue.... Pourquoi ?.... Comment ?... Je ne me rappelais de rien... Je ne pouvais me souvenir qui j'étais ni ce que j'étais... J'eus donné tout ce que j'avais au monde, c'est-à-dire la faculté d'entendre et de voir devant moi qui m'était revenue, pour connaître mon nom !..

En ce moment, quelque chose tomba de mes habits attachés au-dessus de ma tête... sur mon cou... C'était une fleur , un bleuet des champs. Ce fut toute une révélation, un immense pas vers les régions du passé ! Cette fleur , qui s'était glissée dans mon gilet, venait de la couronne de Clarisse !..

L'état dans lequel je me trouvais était fort extraordinaire. J'étais paralysé de tout le corps, il m'était impossible de faire un mouvement , de dire une parole, de remuer même mes yeux qui étaient machinalement ouverts... J'avais toutes les apparences de la mort.

Une vieille femme fendit la foule des curieux. C'était ma femme de ménage, qui, depuis quatre ans que je suis à Paris, m'a toujours volé de quoi payer son café et la nourriture de son chat... Elle a l'air très agité, pauvre vieille !... Elle m'aime donc un peu !..

— Ah ! c'est lui !.. pauvre cher homme, à son âge, être dans un état pareil, c'est-il *désagréable*, mourir sans vous prévenir... Comment, Dieu possible, a-t-il enfilé son aiguille pour mourir comme ça.; encore si on disait : « Il buvait de l'eau de-vie... » Mais non, il n'y a que moi qui en buvais dans la maison.

— Vous connaissez ce sujet, lui demanda le greffier de la Morgue ?

— Si je le connais ?.. Avant que vous soyez en ce monde ; il y a quatre ans que je lui cire ses bottes et que je lui fais son pot au feu..., et un beau pot pour un garçon, trois livres et demie de viande, et jamais il ne criait rapport à ce qu'il avait trop d'os ; ce qui me vexe, c'est qu'il soit mort avant de m'avoir payé trois mois de gages qu'il me doit.

La mère Bacquard mentait en ce moment comme une vieille sorcière : je lui avais payé ses honoraires le soir même de ma catastrophe ; elle voulait exploiter mon décès... Elle me fit en conséquence porter dans ma petite chambre. On me hissa sur un brancard, et deux hommes se chargèrent de ma translation.

Le Léthargique au lit.

Je sentis leurs mains saisir mon corps ; mais la paralysie qui me tenait captif continuant toujours, mon esprit seul était vivant, lampe éclairant une ruine !... Mon regard fixe et immobile étant sans cesse jeté devant moi.

Chemin faisant, je vis un spectacle qui ne me tira pas de cette léthargie ; je vis rieuse, enjouée, folâtre, donnant le bras à un beau fourrier de voltigeurs de la ligne, qui ?... Clarisse, ma Clarisse avec ses grâces, ses fleurs et sa robe de mousseline à bouquets !.. La grisette m'avait sans doute pleuré six heures ; elle avait la conscience libre.

On me porta dans mon lit. Ma chambre était encore dans le même état que lorsque je la quittais. La robe *de tous les jours* de Clarisse servait encore de rideau à mon unique fenêtre.... voile mystérieux de nos joyeuses amours !... Un médecin m'examina, me piqua avec une lancette, et se retira en disant :

— Vous pouvez l'enterrer demain matin...

Puis l'homme de l'art sortit en pensant qu'il arriverait peut-être trop tard à l'Opéra pour entendre le trio de *Guillaume Tell.*

La mère Bacquard resta seule avec moi... La vieille avait accepté la double tâche de me garder pendant la dernière nuit que je devais passer sur la terre, et de m'ensevelir. Elle était à peine installée dans ma chambre, qu'un petit coup retentit à ma porte.... Mon oreille reconnut cette manière de frapper... Que de fois mon cœur avait battu en l'écoutant !..

La vieille ouvrit..... La porte se trouvait en face de mes yeux ouverts... Je ne m'étais pas trompé... Ce fut Clarisse qui entra.

— Ah ! vous voilà, mam'selle... Eh bien ! qui aurait jamais cru cela...... Il est donc mort tout droit à côté de vous ?..

— Comment voulez-vous donc qu'il *soye* mort, répliqua Clarisse, c'est déjà assez désagréable d'être vu comme ça..... J'avais l'air de je ne sais quoi..... avec cet homme mort à mes côtés, avec cela qu'il a tout sali ma robe en tombant.

— Parbleu ! fit à son tour ma femme de ménage, ne vous v'là-t-il pas bien foulée..... Un homme qui avait les mille bontés pour vous, à qui vous preniez le pain à la bouche.

— Lui !.... c'était un bon garçon, je ne dis pas ; mais il était trop distrait, rêveur, *poète* comme on appelle ça ; j'aime autant mon fourrier..... En v'là un qui danse cinq heures de suite sans se lasser. Mais il ne s'agit pas de ça, mais de ma robe ; je ne veux pas qu'on la trouve ici, vous comprenez, mère Bacquard, ça ferait des cancans.

— Tenez, fit ma gouvernante, prenez-la, aussi bien le pauvre jeune homme n'a plus besoin de rideaux..... Le soleil ne le gênera plus maintenant.

— C'est que j'ai ma camisole aussi, fit Clarisse ; une camisole de 35 francs, avec une garniture de Valenciennes, je ne voudrais pas la perdre.....

— Prenez-la encore, répondit aigrement la vieille.

Clarisse s'avança alors vers mon lit en femme qui ne sait où elle va... Elle jeta sur ma face pâle un regard, un regard attendri, ma foi!.... La bonté instinctive de la femme se montrait malgré elle.

— Pauvre Évariste, dit-elle, on dirait qu'il existe... Ses traits n'ont pas changé... Le voilà mort !.... Ce que c'est que de nous...

Et pendant qu'elle prononçait ces paroles, il y eut quelque chose de brillant et de liquide comme une larme qui brilla à travers ses cils bruns... Clarisse ne chercha point à la retenir, et elle tomba sur mon front... Dernier gage de cet amour de jeune homme, dernier souvenir de la grisette, cet ange étourdi auquel on pourrait appliquer le mot de madame de Sévigné parlant de son fils :

Sa tête n'est pas folle, mais son cœur est fou...

Après cette dette payée aux souvenirs, Clarisse souleva l'oreiller sur lequel reposait ma tête, elle s'empara de sa camisole, la cacha sous son bras, et, faisant à la vieille femme de ménage un signe de tête demi-moqueur demi-affectueux, elle disparut aussitôt.

— Enfin, fit la mère Bacquard, nous sommes seuls, dépêchons...

Et la vieille, fouillant dans mon tiroir, fit main basse sur mes chemises, mes foulards et mes habits... Elle s'empara aussi de ma boîte de bijoux; elle brûla impitoyablement deux anneaux en cheveux dont elle arracha la plaque d'or... Oh! si j'avais pu m'élancer sur la Mégère qui anéantissait ainsi ce qui me restait de Théodorine..... mon plus pur amour...... la première fleur de mes pensées... beau lys qui s'est flétri avant de s'épanouir... parfum que le ciel enleva de la terre pour le faire remonter au trône de Dieu...

Quand la vieille eut fini, elle ne laissa dans le tiroir de ma commode que ce qui ne valait rien, mes lettres, mes poésies... un drame en vers qui n'a jamais été représenté, des coquil-

La Mère Bacquard et son Neveu.

lages et trois volumes dépareillés du *Génie du Christianisme.*

— Là, dit-elle, la famille croira qu'il avait *fait la vie*, comme font tous les étudiants... elle ne trouvera pas drôle qu'il n'eût pas de frusques..

Un coup retentit à la porte.

— Eh! hé! mère Bacquard, c'est moi, dit une grosse voix, vous savez ce que vous m'avez promis?

— Entrez, filleul, entrez, j'ai chaussure à vot' pied.

— Le visiteur nocturne entra. C'était un grand diable, à l'air niais et bête; il était vêtu d'une redingote bleue à longue taille et d'un pantalon gris à baguette. Il avait une énorme cravate rouge; c'était enfin l'ouvrier menuisier dans tout son type, non pas le menuisier de Georges Sand, le menuisier don Juan, drapé à l'antique, le Cellini sur bois, le *Corinthien* amoureux ou le philosophe *ami du trait* (1), mais le menuisier de la rue Béthisy, dont le corps s'est plié en deux à force de raboter, et qui exhale à vingt pas de lui une odeur de copeaux et de colle forte.

____

(1) Personnages du *Compagnon du Tour de France,* dernier roman de Georges Sand.

— Tenez, filleul, dit la mère Bacquard en lui donnant mes bottes, elles sont toutes neuves... voyez si elles vous vont.

— Elles sont trop petites, répondit le menuisier, je les prends tout de même, je les changerai. En revanche, pour vous prouver que je suis reconnaissant, permettez - moi, Marianne, de vous embrasser.

La mère Bacquard était une femme de 55 ans, aux robustes formes, au teint coloré ; elle regardait son neveu avec des yeux riants..... Lorsque l'ouvrier la serra dans ses bras, je la vis pencher sa tête avec la même coquetterie qu'une jeune fille cherchant à esquiver un baiser ; Dieu sait comment cela eût fini sans l'arrivée d'un homme à mine réjouie. Il avait quelque chose sous son bras...

C'était mon cercueil.

Quatre planches assez mal clouées, du bois blanc dont on n'aurait pas voulu pour faire une planche de cuisine ; c'est là-dedans que je devais rester jusqu'à ce que mes os fussent réduits en poussière....

La femme de ménage ayant congédié son dangereux neveu et le fabricant de bières, saisit une bouteille d'eau-de-vie que j'avais enfermée et l'ayant vigoureusement attaquée, elle s'endormît dans un fauteuil... Après avoir vainement cherché à articuler un cri, à faire un mouvement je tombai également dans un assoupissement profond.   .   .   .   .

.   .   .   .

.   .   .   .

Quand je revins à moi, j'étais déjà affublé d'un long drap blanc et placé dans le cercueil ; ma femme de ménage me prit les yeux et me les ferma de force ; dès ce moment je ne vis plus rien...

J'entendis alors les ouvriers qui clouaient la quatrième planche, celle du dessus ; j'entendis surtout l'un d'eux qui chantait entre ses dents :

> Oui, j'épouserai la meunière,
> Qui me fait toujours les yeux doux,
> En me disant : mon petit Pierre,
> Pierre, quand nous marierons-nous ?

Ce garçon avait une voix fausse qui m'eût agacé horriblement les nerfs si j'eusse été capable de sentir. Je trouvai, en le comparant à son fausset, le bruit des clous entrant dans le sapin d'une rare mélodie.

On m'emporta alors, on me mena à l'église ; j'entendis d'abord le bedeau et l'enfant de chœur

qui causaient autour de mon cercueil en attendant l'heure du service funèbre.

« Petit, disait le bedeau, il faudra ne pas oublier d'envoyer demain, dimanche, un beau
morceau de pain béni à madame la marquise.

— Oui, M. le bedeau.

— Vous vous rappelez qu'elle ne l'aime pas
trop cuit, la croûte un peu dorée

— Je m'en souviendrai, M. le bedeau.

— Qu'est-ce que ce mort ?

— Un pauvre apoplectique, un étudiant, un
enterrement de troisième classe, 20 f. avec le
tout.

Je ne sais ce que répondit le bedeau, mais il dût
répondre avec sa physionomie, et je ne voyais
pas...

On mena le service funèbre rondement, puis
on me remit dans la voiture... J'ai toujours
aimé les voitures ; c'était une passion chez moi.
Quand j'étais pauvre, je me contentais de l'Om-
nibus, et je faisais pour douze sous tout le tour
de Paris. Cette fois encore la voiture me fit plaisir, et j'éprouvai un singulier serrement de
cœur lorsqu'elle s'arrêta.

Je me sentis alors porté par deux hommes ;
j'écoutai, peu de pas retentissaient derrière

moi, personne ne suivait donc ma dernière dé-
pouille ; et mes amis, où étaient-ils ?..

On donna encore quelques coups de bêche à
la terre... on préparait ma fosse... puis on me
mit sur des cordes , le cercueil s'enfonça et on
me lança ainsi dans les entrailles de la terre....
j'entendis le cercueil frapper contre les pierres
qui bordaient les parois de la fosse, je me sentis
ainsi séparé du monde.... et pourtant je vi-
vais!!!

Ce qui fut affreux, ce fut la première pelletée
de terre jetée sur la bière... Mon esprit effrayé
eût voulu briser son enveloppe, je cherchais en
vain à retrouver la voix, le mouvement, je cherchais à crier aux fossoyeurs : *à l'aide ! arrêtez ,
je vis , j'existe !* Je restai muet, immobile, cloué
dans mon enveloppe de bois.

En ce moment les vents se déchaînèrent , la
pluie tomba par torrents, on eût dit que la nature
entière voulait protester contre l'exhumation
d'un vivant.

Le fossoyeur s'écria : dépêchons , j'ai peu
d'envie d'être trempé jusqu'aux os.

Alors, ainsi que cela m'a été raconté, lui et
son aide (car ils étaient seuls et nul ami ne
m'avait accompagné) poussèrent toute la terre
sur ma bière, bouchèrent le trou et s'enfuirent

pour échapper à la pluie, après avoir fiché dans le terrain l'objet ci-dessous :

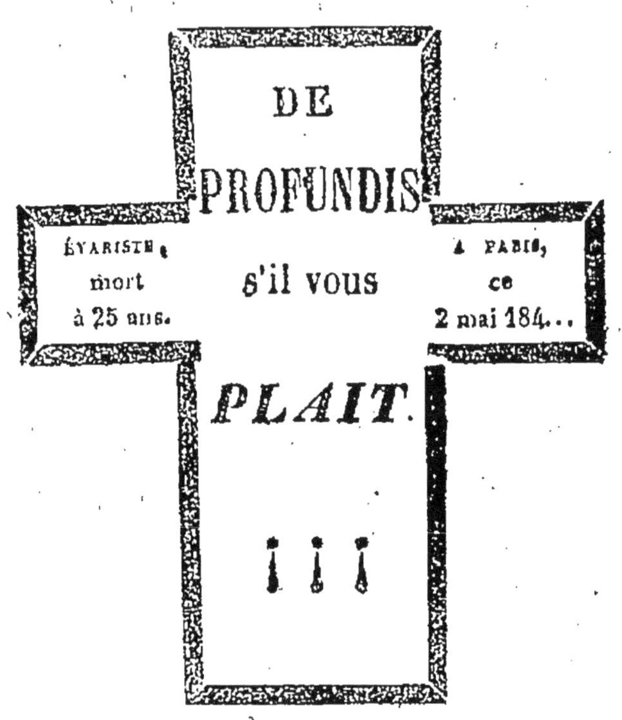

Quant à moi, lorsque tout fut fini, lorsque je fus enterré définitivement, enfoui dans le sol où dorment les morts, où nous dormirons tous, pauvres mortels que nous sommes, où tout espoir de secours était perdu pour moi, je recouvrai la voix, et je me mis à crier dans mon cercueil avec un affreux accent d'horreur et d'épouvante :

Au secours ! au secours !...

Il n'est pas possible de s'imaginer les sensations d'un homme enterré vivant.... La peine capitale, avec la douleur que cause le fer tranchant, les artères du cou, n'est qu'un jeu d'enfant, comparé aux angoisses d'un corps animé enseveli dans les entrailles de la terre!!!... Vivre, être, exister, pouvoir penser et agir, et rester là à six pieds sous le sol, couché sur le dos, entre quatre planches de bois blanc, sans pouvoir remuer!... Oh! c'est affreux! c'est le supplice le plus épouvantable que l'on puisse inventer.

En recouvrant la voix et la liberté d'action, je fis retentir de mes cris la terre dans laquelle j'étais enfoui! Je pensai à Dieu, cette sublime puissance que nous oublions dans les joies et que nous implorons dans les larmes, et je priai avec ferveur afin qu'un miracle s'opérât pour me rendre au monde, à la société... Hélas! mes cris, mes plaintes, mes prières étaient vaines; je n'entendais rien autour de moi... rien que le craquement des cercueils dont l'humidité avait pourri les planches, et la grande voix de l'orage qui grondait en ce moment sur terre.

Pourtant, après avoir prêté l'oreille au milieu de ce silence de mort, j'entendis quelque chose tomber sur ma bière... c'était l'eau de la pluie qui, perçant le sol, venait filtrer goutte à goutte sur ma dernière demeure.

Une rage impuissante vint alors me saisir, les douleurs de la faim se firent sentir avec violence, j'éprouvai d'affreux tiraillements d'estomac ! Que faire, grand Dieu ! que manger ? Ah ! je sais... essayons.

Et je donnai des coups redoublés à mon cercueil... je me souvins de l'avoir vu avant mon inhumation ; il n'était rien moins que solide... la planche céda, je la repoussai et je gagnai ainsi quelques millimètres de terrain en largeur.

Alors j'arrachai le linceul qui couvrait mon corps et je le portai à ma bouche... Il était en toile fine, je l'arrachai avec mes dents, et je le mâchai jusqu'à ce qu'il me fût possible d'en avaler les lambeaux. Chose bizarre ! ce vêtement mortuaire me sauva alors la vie.

Néanmoins, en peu de temps j'eus d'horribles douleurs. Je grelotai de froid, nu que j'étais dans ce terrain humide !... Mon imagination s'épuisait en vaines recherches pour découvrir des aliments nouveaux. Malheureusement il n'y avait plus pour moi au monde que les quatre planches de ma bière, il me fallait donc mourir d'inanition !

Au milieu de ces tortures physiques et morales, une idée vint frapper mes esprits abattus.... J'avais fait jadis un testament ; il avait dû être suivi par ma vieille femme de ménage qui le connaissait, car il n'était que d'un an de date... Par ce testament je demandais que l'on déposât mes dépouilles mortelles près de ma Théodorine, cet ange dont j'ai déjà parlé, cette première maîtresse dont le souvenir impérissable était gravé dans mon cœur.

— Si mes dernières volontés ont été suivies, me dis-je, je suis placé à la droite de cette chère enfant.... elle est morte en 1832, mais je ne puis oublier les détails de son ensevelissement.... ce sont mes mains tremblantes qui l'ont mise dans le cercueil ; elle avait une chemise et un grand drap de mousseline qui l'enveloppait ; tâchons de briser sa bière, il y aura encore là de quoi prolonger notre vie ! ! !...

Le sol était trempé par la pluie.... ma main parvint, grâce à l'humidité, à faire un trou qui s'agrandit insensiblement, et j'arrivai à y passer tout le corps. Lorsque j'eus creusé un peu avant, ma main avide sentit quelque chose de dur qui résistait sous ses ongles... C'était une bière... O bonheur ! je touchais au comble de mes vœux !

Rejetant derrière moi toute la terre que j'avais retirée, j'avançai vers le lieu où Théodorine était ensevelie, et je donnai un grand coup à sa bière... Le bois déjà pourri plia... j'arrachai la planche et je passai mon bras dans le cercueil pour voir si je ne m'étais pas trompé, et si j'avais été suivant mes instructions, enterré à côté de l'amie de mon cœur...

La première chose sur laquelle se posa ma main me dénota que c'était bien le tombeau de Théodorine que je venais ainsi profaner !...

C'était une croix avec laquelle elle avait été ensevelie, et que je reconnus au toucher ! ! !

O touchant symbole du Sauveur ! croix divine que Dieu plaça sous ma main en cet instant terrible comme un talisman infaillible de foi et d'espérance ! O gracieux et dévot bijou que me légua ma mère et que je donnai à Théodorine le jour où elle me dit : *Je t'aime*. Je te retrouvai avec une joie extrême... Je te saisis comme le noyé saisit la corde qui doit le ramener à terre, et que d'officieux amis lui ont jetée du rivage.

Après m'être emparé de ce signe religieux, je m'avançai de nouveau, mû par un désir matériel, celui de satisfaire une faim affreuse....

Il y avait long-temps que je n'avais mangé !... Quant au calcul des heures, il m'était devenu impossible... les cloches ne s'entendent pas dans le silence des tombes. J'étendis donc mon bras vers le corps de Théodorine, mais mes forces me trahirent... je retombai sur mes planches... sans mouvement.

Je ne sais combien de temps il plut à Dieu de m'épargner les tourments de la pensée et de la faim ! Lorsque j'ouvris les yeux je me trouvai étendu près du cercueil de Théodorine, tenant encore en mes mains sa croix d'or !

Je pressai cette divine image sur mes lèvres. Affaibli par le jeûne je résolus d'attendre la mort en homme et en chrétien, et j'adressai à Dieu la courte prière que voici :

« O Divinité créatrice de toutes choses! faites

que mes souffrances touchent à leur terme; rap-
pelez-moi à vous, laissez-moi me réfugier dans
votre divine miséricorde. »

J'avais à peine répété cette courte oraison deux
ou trois fois qu'un bruit étrange se fit entendre
sur ma tête... Je prêtai l'oreille... Oui, c'était
bien une rumeur réelle... Mon cœur battit avec
force; j'entends la terre remuer, les masses du sol
se détachent et tombent ensuite sur la bière de
Théodorine, je m'y traînai pour éviter d'être
écrasé par l'écroulement.

Peu à peu on pouvait entendre le bruit des
bêches qui enlevaient le gravier, et des voix qui
se répondaient alternativement.

« C'est une drôle de chose! disait l'un des bê-
cheurs; on est obligé d'acheter le terrain, si on
veut dormir tranquille après sa mort.

— Pourquoi ?

— Tu vois bien pourquoi, nigaud : voilà une
tombe qui a à peine huit ans et on nous force d'y
loger un autre particulier; cependant, je gage-
rais que le premier occupant est encore tout
entier.

—Tout entier? Ouiche!... je t'en souhaite....
il y a longtemps qu'il est en poudre.

— Je te parie cent sous à manger en gibelotte

au *Grand-Vainqueur*, qu'on lui trouve encore des cheveux...

— Je te parie que non, ça y est-il?

— Cent sous ! ça va !! »

Et les deux individus se mirent à enlever la terre avec une ardeur nouvelle, lorsque je m'écriai :

« *Au secours !... je me meurs !... de l'air !... ô mon Dieu ! au secours !...* »

Au son de ma voix éteinte, à la vue de ma tête livide qui surgit tout-à-coup de la terre, les fossoyeurs ne délibérèrent point lequel d'eux avait gagné son pari... Ils jetèrent leurs bêches et s'enfuirent épouvantés.

Épuisé, affaibli par le grand air que je respirai alors, je ne pus qu'arriver à la superficie de la fosse et là je tombai dans un long abattement.

Néanmoins, le défunt pour lequel la fosse d'où j'étais sorti avait été préparée, s'avançait, porté par deux employés des pompes funèbres; un petit cortége de gens du peuple suivait derrière... En m'apercevant... presque sans connaissance, étendu sur la terre, l'un d'eux détacha son manteau et m'en couvrit. Lorsque je regardai autour de moi, j'aperçus tout d'abord l'épitaphe de la

personne qu'on allait enterrer ; elle me frappa
vivement ; la voici :

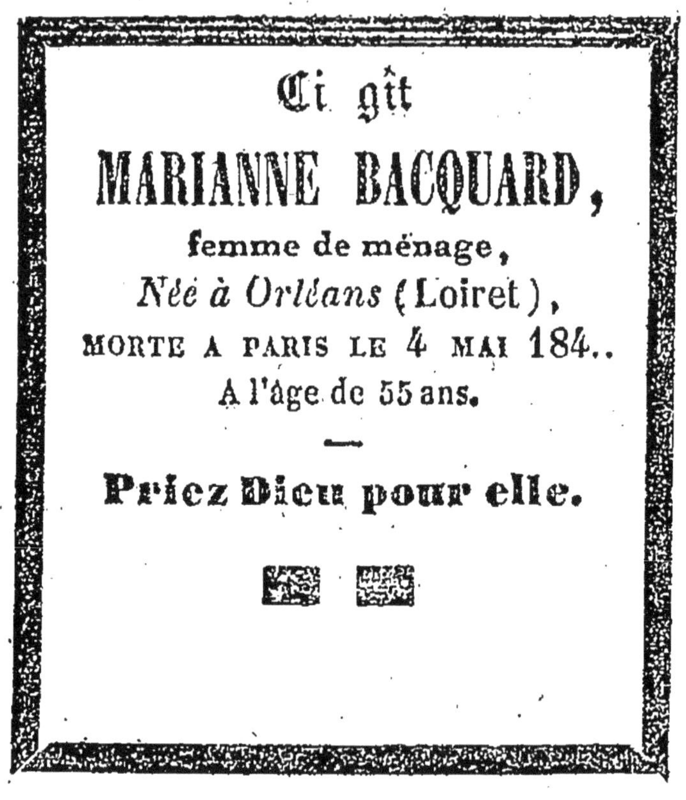

Bizarre destinée ! c'était ma femme de ménage, celle qui m'avait fermé les yeux, qui venait me remplacer dans la nuit des tombeaux...
Que vous dirai-je de plus !... Une voiture des
Pompes funèbres me ramena dans mon domi-
cile.... c'est sans doute la première fois qu'elle
ramenait vivant un des hôtes des cimetières...
On me réinstalla dans ma petite chambre, qui

était encore vacante; on me coucha dans mon lit, les hommes de l'art furent appelés, et, après m'avoir fait raconter ma surprenante histoire, ils reconnurent que j'avais été en proie à une attaque d'*apoplexie léthargique.*

Ce qu'il y a de vraiment magique dans ces aventures d'outre tombe, c'est la manière dont la Providence provoqua ma résurrection... Si je n'eusse point été me réfugier dans le cercueil de Théodorine, si je fusse resté à la place mortuaire qu'on m'avait assignée, personne ne serait venu enlever les monceaux de terre qui me séparaient du monde.... C'est donc toi, ô ma Théodorine! mon bon ange, qui m'as sauvé!... ta dernière demeure a été pour moi une ancre de salut!...

Dès que j'ai pu exprimer ma volonté, j'ai manifesté un vœu... celui de posséder à perpétuité le terrain où dort Théodorine... J'ai fait replacer ses restes dans un cercueil de plomb, et j'y ai renfermé, non sans l'embrasser vingt fois, sans la baigner de mes larmes, la croix qui m'avait consolé au milieu des ténèbres de la mort et des angoisses de la faim. Ma famille, instruite de ce qui m'était arrivé, s'empressa de faire les frais de terrain où j'irai reposer à mon tour, lorsque je serai véritablement mort, ce que je prie tous les médecins en général de considérer avec attention, le cas échéant.

J'ai été fâché que ce fût précisément la mère Bacquard, ma femme de ménage, que le sort désigna pour remplir la fosse que je laissai inoccupée ; j'aurais eu de piquantes questions à lui faire relativement à mes chemises et à mes habits disparus ; mais son décès lui valut un bill d'indemnité.

Je suis aujourd'hui rétabli depuis longtemps ; la mort n'a pas voulu de moi, et je me suis, en désespoir de cause, pris à aimer de nouveau la vie ; la belle nature, ses fleurs, son ciel bleu ont de nouveau captivé mon admiration ; je me suis remis à adorer toutes les femmes qui sont belles et qui savent sourire, je bois enfin à longs traits dans cette coupe de la jeunesse et de l'existence, sans trop m'inquiéter de la mort et sans songer à ce qui peut survenir *entre la coupe et les lèvres*, comme dit le grand poète.

De mon inhumation j'ai gardé deux choses, que je fais voir à mes amis : la croix qui fut placée sur ma fosse, et le petit bleuet qui tomba de mon gilet à la Morgue et que je retrouvai dans mes cheveux.

A propos de ce bleuet, cela me fait penser à Clarisse, à cette gentille Clarisse aux yeux doux, au bras de laquelle j'avais eu l'impolitesse de me *laisser mourir*... Deux mois après ma résurrection, je la trouvai avec un beau garçon, ma foi !... au balcon du théâtre des Variétés : j'étais placé derrière elle .. je me faisais un malin plaisir d'effrayer la volage.

Clarisse leva les yeux sur moi... me reconnut parfaitement, mais son délicieux visage ne se contracta nullement.

« Clarisse, lui dis-je tout bas, tu t'étais bien vite consolée de ma perte.

— Quelle bêtise ! répondit-elle, je me doutais bien que tu n'étais pas mort *pour de bon*. »

Que l'on dise après cela que la grisette parisienne n'a pas d'esprit ?

LE

RESTAURANT

DES GRANDS HOMMES.

Connaissez-vous dans le quartier Latin un petit restaurant qui se trouve à deux pas de l'École de Droit ? une jolie boutique couleur d'espérance, dont les volets sont de nature à réveiller l'appétit dans l'estomac le plus malade.—Sur l'un sont écrits les mots : *Dîners à 25 sous*, en dépit de l'ordonnance qui proscrit les anciennes monnaies ; sur l'autre, l'œil de l'étudiant affamé découvre cette consolante phrase : *Potage, Trois Plats et un Dessert* ; enfin sur le fronton, on voit encore en lettres d'or, cette sentence gastronomique chère aux mangeurs en retard : *Déjeuners et Dîners à toute heure.*

En 1789, ce restaurant existait déjà. Enfant, je me rappelle y avoir vu bien des joyeux con-

rives, bien des jeunes filles à l'œil noir scintil-
lant, à la robe d'indienne sur laquelle on voyait
de petites fleurs vertes sur un fond blanc... Alors
comme aujourd'hui, le monde du quartier Latin était un monde à part, monde d'insouciance
et de force , de bonheur, d'amour et d'espérance, monde d'enfants occupés à ramasser les
fleurs aux pieds de l'arbre du bien et du mal
en attendant que chacun d'eux puisse se raccro-
cher à ses branches... Hélas ! quand cette foule
de gais étudiants s'éparpille dans la société ,
quand chaque individu monte jusqu'aux régions élevées de l'échelle sociale, cette folle
joie s'envole à jamais. On dirait que la destinée
des hommes appelés aux grandeurs est de sacri-
fier sur l'autel des intérêts publics les affections
et les plaisirs intimes.

L'autre jour, j'allai faire une visite à ce restaurant chéri où chaque table est pour moi un
souvenir. Ici, c'est un ami qui a donné à mon
verre un dernier choc avant de retourner chez
lui, fier du titre de docteur en droit. — Là, c'est
une jeune maîtresse, blonde, rieuse, aux dents
d'ivoire, qui, en laissant tomber follement son
verre, a fait à la nappe une tache de pourpre....
Plus loin, nous avons fait du punch et nous avons
chanté Béranger , quand Béranger était *pro-*

Le Père Barnabé, Garçon Restaurateur.

hibé.... Partout se retrouvent les traces du passé, de ces années de bonheur que le néant a englouties.

Comme je contemplais avec émotion les lieux témoins de nos premières impressions, je vis que l'on m'observait. Un homme de soixante ans, grave et sévère, malgré son tablier blanc et la serviette qu'il tenait à la main, me regardait fixement.

« Monsieur, a été un habitué, dit cet homme.

— Tiens, je ne vous reconnaissais pas bon Barnabé, répondis-je en lui tendant la main. Vous êtes donc toujours ici, à votre âge ?

— Moi, répondit Barnabé, je fais exception à cette loi qui oblige tout garçon de restaurant à donner sa démission dès qu'il a trente ans, j'ai bientôt soixante ans, et cependant je reste.

— Vous tenez à la maison, père Barnabé !

— Oui, elle a changé plusieurs fois de propriétaire, voyez-vous ; les garçons de salle se sont renouvelés aussi souvent que les grains de sable du rivage, moi seul je suis resté, et cela je sais pourquoi, parce que je dois mon bien-être à ce restaurant...

— Votre bien-être, père Barnabé ?

— Oui, Monsieur, oh! c'est toute une histoire, je vous conterai cela quand vous aurez le temps.

— Mais j'ai le temps, Barnabé, voyez... il est sept heures... les dîneurs sont partis. Donnez-moi seulement un mendiant pour dessert, et deux petits verres de vieux Cognac de supplément, asseyez-vous-là ensuite, et causons, je suis tout oreilles.»

Le père Barnabé réfléchit un instant, puis il alla chercher ce que j'avais demandé et vint se mettre auprès de moi.

« J'ai, avant de commencer, une confidence à vous faire, dit-il en désignant du doigt le comptoir.

— Qu'est-ce encore?

— Je vais vous dire. Si on me voit causer sans que vous consommiez, le bourgeois se fâchera. Ainsi, vous comprenez... de temps en temps...,

— C'est bon, dis-je en souriant, commencez.

— Monsieur, j'étais déjà ici en 1789, j'avais douze ans à peu près. J'étais ce qu'on nomme gâte-sauce. Tous les républicains, *espoirs de la patrie*, venaient manger chez nous les *potages à la Robespierre*! potage à la mode. Parmi les jeunes gens qui se réconfortaient ici, se trouvait un homme qui avait vingt ans à peine, et

qni ne faisait pas honneur à l'établissement, car
il était maigre comme un clou.... Monsieur, il
entrait ici avec un gros livre sous le bras, se
mettait à table et lisait en mangeant. Un jour, je
m'en souviendrai toujours, il venait de dîner ..
Mon homme se fouille...Il ne trouve pas un
sou... Il retourne les doublures de son habit,
rien... on aurait mis le particulier la tête en
bas, qu'il ne serait pas tombé un centime de ses
poches.

—Mon garçon, me dit l'étranger, je suis obligé
de te demander crédit.

—On ne fait pas crédit ici, répondis-je ;
mais c'est égal, je prends ça sur moi.

—Ah bah ! dit mon homme, mais je te préviens,
je ne reviendrai pas ici de longtemps, car je
n'ai plus d'argent.

— Venez toujours, je me charge de tout, lui
dis-je, vous n'êtes pas étudiant, vous, vous êtes
soldat ; car votre habit est passepoilé... Eh
bien ! j'aime les soldats, et, si je n'avais pas ma
vieille mère à nourrir, je m'engagerais comme
enfant de troupe. Mais j'ai ma mère, et si j'étais
militaire, je déserterais plutôt que de l'aban-
donner.

Mon militaire me remercia et accepta mon
offre de crédit faite avec toute la franchise de

l'enfance. Il me raconta qu'il venait de Valence, et qu'il partirait bientôt. Il vint encore quelques jours. Son dîner était prêt, et jamais je ne lui demandais d'argent... Je payais pour lui au comptoir. Un jour il m'envoya trente francs et m'annonça qu'il partait... Il remerciait son pauvre garçon restaurateur avec bonté... avec émotion.

Ici les yeux du vieux Barnabé se remplirent de larmes, et il tira de sa poitrine un petit sachet... et l'ouvrit... il en sortit un billet très gras et me le remit ; je l'ouvris et j'y lus avec peine :

« *Mon enfant, je te renvoie le prix des dîners que je te dois... je ne te remercie pas... nous étions amis... tu as fait ce que j'aurais voulu faire, ce que je ferai si tu en as besoin et si je puis t'être utile.*

» *Je pars, adieu, sois sage.* »

— Je crois connaître cette écriture, dis-je à Barnabé, mais la signature... elle est illisible...

— Jamais, répondit Barnabé, en vidant son petit verre, nous n'avons pu la lire. Les années se passèrent, j'avais oublié tout cela, quand je fus fait soldat par force. On voulut me faire tenir un fusil et me faire tuer des Prussiens ; je ne me sentais pas de goût pour cette cuisine, je me sauvai, je désertai, on me rattrapa et... ma foi... on me mit en prison.

— Mais, c'est tout un roman que votre histoire, vieux Barnabé.

— Attendez donc, j'étais sur ma paille, attendant le conseil de guerre, quand on annonça, monsieur, une visite des prisons... Le premier consul de la République devait s'informer lui-même de la cause des désertions. La porte de mon cachot s'ouvrit, je vis devant moi un peloton d'officiers dorés sur tranche. Au milieu d'eux était le premier consul. Il s'avança vers moi et me dit, à la grande surprise des assistants :

— Barnabé, veux-tu me faire crédit d'un dîner ?

Je regardai le chef de l'Etat, monsieur. Grand Dieu ! cet homme, entouré de l'admiration générale, cet homme qui fut plus tard empereur de France et roi d'Italie, cet homme qui fit trembler le czar, et les chefs de la vieille Australie et le pontife romain... c'était mon soldat de ce restaurant...

— Comment, m'écriai-je ?

— C'est bien simple, fit Barnabé, en me montrant le billet qu'il avait tiré de son sachet,

Cette signature qui paraît illisible, se compose de deux mots : *Napoléon Bonaparte.*

—Comment Napoléon dînait ici, m'écriai-je?

— A cette place, où nous sommes, et tenez, ajouta Barnabé en soulevant la nappe, voyez cette entaille à la table, c'est lui qui la fit avec son couteau, il était distrait, il coupait tout sans savoir ce qu'il faisait en lisant.

— Je devine, dis-je, que le premier consul vous rendit votre liberté.

— Oui, dit Barnabé, on me renvoya à mes fourneaux, et plus tard, quand Napoléon fut empereur, ma mère reçut une pension de six cents livres sur sa cassette.

En ce moment, Barnabé se tut et regarda le comptoir avec une inquiétude moitié sérieuse, moitié bouffonne, puis il se pencha vers moi et me dit avec une gravité comique :

— Je crois que le bourgeois se fâche... il y a longtemps que nous causons, et...

— Et je n'ai rien demandé, répondis-je en souriant, allons, garçon! deux verres d'eau-de-vie de Dantzick. La liqueur aux feuilles d'or nageant dans ses flots spiritueux... deux verres et bonne mesure.

Barnabé sourit. On nous servait. Il frappa af-fectueusement sur la joue le garçon son confrère, qui, par camaraderie, lui avait versé un prodigieux *bain de pied*, puis il me dit :

Monsieur, l'empereur n'est pas le seul auquel j'ai eu affaire. Nous avons eu d'autres pratiques qui ont été avantageuses.

— Bah !

— Oui, en 1817, je m'en souviens comme d'aujourd'hui, un beau garçon, pendant le carnaval, entra ici et demanda à dîner, il était avec une femme masquée. Il était en costume de prince, lui, il s'était mis un grand habit avec le cordon rouge, des crachats sur la poitrine, des bottes à éperons, un chapeau galonné... tout le bataclan enfin.

— Mon ami, me dit-il, c'est un restaurant ici ?

— Oui monsieur, à 25 sous.

— Qu'importe le prix, une chambre, une chambre particulière ; madame se trouve mal.

Je conduisis les masques au premier, pendant ce temps-là, chacun jurait en bas, la salle était pleine de monde.

—Quelle inconvenance, disait l'un, s'habiller en général !

—Porter le grand cordon de la Légion-d'Honneur ! ajoutait un second.

— C'est d'une audace ! disait un troisième.

Pendant ce temps j'étais en haut. Mes deux hôtes avaient chacun gardé leur masque, mais la dame étouffait.

— Garçon! me dit l'homme, jure-moi que jamais tu ne reconnaîtras madame, si tu la rencontres quelque part.

— Je le jure.

— Es-tu catholique?

— Oui, répondis-je.

— Jure-le sur le Christ.

— Je le jure, répliquai-je.

Alors l'inconnu coupa les lacets du masque de sa compagne. Jamais plus charmante figure de femme n'apparut à mes yeux. Elle respira plus librement dès qu'elle eut pris un verre d'eau.

« Oh! dit-elle, si l'on m'avait vue!

— Personne ne vous verra que ce garçon, et il sera muet, répondit l'étranger, votre évanouissement a été causé par la fraîcheur du matin, dont vous fûtes saisie à la sortie du bal.

— Mais si on sait que je suis avec vous, c'est fait de moi, je suis perdue de réputation.

— Ne craignez rien. Vous, mon ami, allez chercher un fiacre.

Je volai à la station. Le fiacre fut à la porte en cinq minutes.

L'étranger descendit, tenant la dame par la main. Elle avait remis son masque.

« Ah ! les voilà ! les voilà ! hurlèrent les étudiants qui occupaient la salle dans laquelle nous sommes entrés. Voyons... est-elle jolie ? Voyons ce masque...

Et deux jeunes gens s'avancèrent vers la dame.

L'étranger en habit de général s'avança vers eux, et, arrachant son épée du fourreau, il barra le passage aux audacieux.

« Le premier qui avance, dit-il, je l'étends mort à mes pieds. »

Chacun resta atterré d'une telle bravoure.

« Toi, me dit-il, donne la main à madame pour monter dans sa voiture, et, si avant son départ quelqu'un ose toucher seulement du bout du doigt l'un des rubans de son masque, je lui apprendrai que tout Français doit respecter les secrets d'une femme.

— Eh ! père Barnabé, dis-je avec anxiété, la dame put-elle partir ?

— Oui.

Elle avait disparu, inconnue pour tous excepté pour moi, quand les étudiants disaient à l'inconnu qui se posait devant eux, le fer à la main :

— Vous, qui êtes-vous, vous qui osez vous masquer en portant le costume d'un grand sei-

gneur ? A bas ce cordon ! à bas ces décora-
tions!

— Venez donc les prendre, fit froidement
l'inconnu en baissant son épée. »

Tous restèrent atterrés par ce sangfroid. Pro-
fitant de leur trouble, l'inconnu ôta son masque.

Les étudiants poussèrent un cri de surprise et
s'inclinèrent.

« Messieurs, dit le cavalier en remettant l'é-
pée au fourreau, j'ai défendu une femme. Grâce
à mon bras, vous ignorez son nom. Maintenant,
je suis à vos ordres; si quelqu'un de vous désire
satisfaction, qu'il se souvienne que je suis fait
pour lui obéir et que je me nomme Charles de
Bourbon, comte d'Artois.

— Et, lorsqu'il fut parti, n'eûtes-vous plus
de nouvelles du prince ?

— De lui ? non ; mais une dotation a été faite
en ma faveur par une inconnue, cinq cents livres de rentes.

— La dame masquée ?

— Sans doute, reprit Barnabé. Peut-être est-
elle morte comme le prince qui s'éteignit dans
l'exil; je n'ai jamais revu ni l'une ni l'autre. »
Et Barnabé poussa un soupir.

Pour faire diversion à ses soucis, je lui demandai alors s'il n'avait jamais servi dans son

restaurant quelque homme dont le nom eût une valeur actuelle ?

Si, si, répondit Barnabé, dans ce local où j'ai amassé quelques économies, j'ai eu un autre bon ami, joyeux convive, avocat sans cause, qui griffonnait du matin jusqu'au soir pour gagner sa vie, qui portait un gilet croisé pour n'être pas obligé de changer de linge trop souvent.

— Comment s'appelait-il ?

— M. Adolphe, un petit, un muscadin, un démon de gaité, d'esprit et de malice. Pendant longtemps il fut mon intime, ma meilleure pratique ; et puis il s'est mis à écrire des histoires dans un journal, ça a fait qu'il n'est plus venu ici que bien rarement... et puis après...

Ici Barnabé fit un geste pour essuyer une larme pendant que je faisais remplir son verre.

« Eh bien ! Barnabé, après.

— Après, ajouta Barnabé, la révolution de 1830 arriva... et M. Adolphe ne revint plus du tout... Ce qui me fâche, c'est que je ne sais pas ce qu'il est devenu... il est peut-être mort ou malheureux.

— Mais ne savez-vous pas son nom de famille, bon Barnabé ?

« — Non, mais tenez, il doit être gravé au couteau dans le mur... »

Et Barnabé prenant la chandelle me montra dans un coin de la muraille, taillés dans la pierre, ces deux mots :

ADOLPHE THIERS.

« Mon pauvre Barnabé, dis-je en prenant congé du pauvre garçon restaurateur pendant qu'il vidait le dernier verre de Cognac que je venais de lui demander, mon pauvre vieux, ne soyez pas inquiet sur le sort de votre ami, il a fait son chemin, voyez-vous, et bien que vous ayez eu les protections d'un empereur et d'un roi, je puis vous assurer que M. Adolphe est souvent aussi puissant qu'ils le furent, et qu'il est capable de vous faire donner un bureau de tabac ou une place de concierge d'un palais princier si la fantaisie lui en vient.

A PROPOS

D'UN GRAND PRÉDICATEUR,

Souvenirs de Carême.

Pendant le carême de l'année dernière je me trouvais dans une église de Paris, au milieu d'une foule immense venue pour entendre la parole des disciples de Dieu. Rêveur au milieu de ces chants sacrés, ébloui par la pompe de cette religion qui a grandi malgré les persécutions qui attaquèrent son berceau, je promenais sur toutes ces têtes pensives mes regards distraits sans m'apercevoir du contraste que présentait l'assemblée, sans voir que là seulement, peut-être, se trouvait le pauvre à côté du riche, l'humble servante coudoyant la grande dame... Cela était pourtant: tous les mortels sont égaux devant le Seigneur.

Tout-à-coup mes pensées furent détournées de leur cours irrégulier par un bruit de sanglots... Pendant que le prédicateur prêcha, ces sanglots continuèrent avec une force et une douleur incompréhensibles. Je tournai la tête et je vis derrière moi celui qui pleurait...

C'était un vieillard, ou du moins il paraissait très âgé, car ses cheveux blancs étaient rares, et des rides profondes traçaient sur son front leurs lignes horisontales ; ses yeux étaient baignés de larmes, et des gémissements profonds sortaient de sa poitrine.

Au moment où je contemplais ce pénitent dont le repentir paraissait si sincère, le prêtre qui occupait la chaire s'écrie dé sa voie grave et majestueuse.

Pécheurs ! repentez-vous, quel que soit votre crime, car il n'est jamais trop tard pour se repentir.

Non ! non ! il a raison, il me l'a dit déjà... et çà.... il y a longtemps.... balbutia le vieillard en pleurs, en étendant la main vers le prédicateur.

Le prêtre, interrompu par cette exclamation, tourna les yeux vers celui qui avait si éloquemment troublé sa sainte improvisation... Il le regarda... Puis... il pencha sa tête dans les saints évangiles qu'il tenait dans ses mains, comme pour chercher derrière les feuillets du livré sacré un refuge contre son émotion...

Quand il releva la tête.. l'auditoire frémit.. Le prêtre avait partagé son émotion... Le prêtre avait compris la douleur du vieillard... Car une larme brillait sur les cils de son œil brillant du feu sacré.

Longtemps le serviteur de Dieu, honteux de cette faiblesse de cœur, chercha à la retenir cette larme indiscrète... Longtemps elle y demeura suspendue... Mais enfin elle tomba...

Elle tomba sur une page de l'Evangile que le prêtre tenait à la main.

Le sermon finit, la grande voix de l'orgue succéda à la voix du prédicateur. Je m'approchai du vieillard et je le regardai avec intérêt.

« Monsieur, lui dis-je, votre émotion m'a gagné ; quand on sent aussi vivement que vous, on ne peut être qu'une âme d'élite ; souffrez que je vous offre l'expression de toute ma sympathie.

— Monsieur, me répondit le vieillard, je vous remercie de votre bienveillance ; mais cette émotion dont je n'ai pu me défendre, et que vous admirez, elle a une cause affreuse....

— Affreuse ! répétai-je avec surprise.

— Oui, monsieur. S'il s'agissait du secret d'autrui, je ne dirais à personne ce secret qui pèse sur mon cœur, mais il est à moi, et si vous voulez me le permettre, je vous le confierai.

— Je crains de passer pour un indiscret à vos yeux, répondis-je.

— Non, monsieur, venez, me dit le vieillard, je ne fais pas mystère du sujet qui a provoqué ma douleur.

Mon interlocuteur m'entraîna... nous allâmes nous promener dans une de ces longues et délicieuses allées du jardin du Luxembourg, et là il commença :

« Monsieur, me dit-il, il y a bien des années, j'étais dans la force de l'âge, j'avais été jusqu'alors vertueux, riche, heureux. Un instant a suffi pour tout détruire... Je vis une femme belle comme un ange... non... comme un démon, comme Ève, lorsqu'elle perdit Adam, comme Satan lorsqu'il trompa la première femme... hélas! monsieur, je puisai le crime dans ses yeux... cette femme était mariée.

— Mariée, dis-je, vous le saviez?

— Oui, monsieur; mais que me faisait cet obstacle? j'aimais Hermance! je l'aimais comme on aime à quarante ans, du dernier amour que peut éprouver l'homme dont la jeunesse va fuir pour ne revenir jamais... je l'aimais comme on aime la dernière fleur de la saison... mais son époux était là! barrière insurmontable, argus jaloux... il fallait me débarrasser de lui...

— Comment ?

— Par un crime! j'en conçus l'idée, mais d'abord je la repoussai... puis elle me revint. C'était un désir terrible, une inspiration de l'enfer. Bref je n'y pus résister... monsieur; un soir, pendant qu'il dormait, je pris un couteau... j'allai à son lit, et, détournant la tête pour ne pas voir mourir la victime, je la frappai de mort !...

Ici le vieillard s'arrêta... il était pâle et défait, puis il reprit.

« On m'arrêta: on me mit en prison, on me jugea... à la cour d'assises; l'avocat du roi se leva, monsieur, il demanda d'une voix tonnante : justice ! il demanda ma tête en expiation de mon crime... jamais voix plus terrible n'a retenti à mon oreille.

» On ne me condamna qu'à vingt ans de travaux forcés.

» Après ma condamnation, je demandai à voir le magistrat qui avait requis contre moi la peine de mort.

» Il entra dans mon cachot .. il était fort pâle.

» Monsieur l'avocat du roi, lui dis-je, je désire que vous ne conserviez pas de moi une idée trop défavorable, votre voix a été lourde à mon cœur, j'ai été coupable, assassin, mais la passion seule a conduit mon bras, aucun désir cupide n'a souillé mon âme.

— J'ai fait ce que mon devoir m'ordonnait, me dit-il avec mélancolie.

— Plût au ciel que votre conclusion eût été adoptée!... je serais délivré de la vie!... mais vingt ans de galères, mais vivre... c'est affreux!

—Soyez courageux, répondit-il... vivez, Dieu vous l'ordonne ; pécheur, repentez-vous ; quel que soit votre crime, il n'est jamais trop tard pour se repentir.

Il me quitta alors, et je partis pour le bagne ; dès que j'y fus, une recommandation m'y suivit. On me traita avec douceur, et une main inconnue me fit tenir des secours d'argent.

—C'est prodigieux, dis-je en interrompant le vieillard.

— On ne se borna pas là ; ma sœur, que mon crime et ma condamnation laissaient sans protecteur, ma sœur reçut des secours, et termina sa vie à l'abri de la misère.

— Et n'avez-vous jamais, à votre sortie du bagne, connu le nom de votre bienfaiteur ?

— Si, monsieur, je l'ai deviné, c'était mon avocat du roi..... il avait voulu encourager en oi le désir de retour au bien et de me repentir sincèrement.

« — Et ce magistrat, demandai-je encore, l'a-
vez-vous retrouvé dans la société ?

— Oui, mais il a quitté la magistrature pour
toujours.

— Et où est-il ?

—Il n'est pas loin de nous, me dit le vieillard,
venez le voir. »

Et il m'entraîna promptement vers le lieu que
nous venions de quitter.

La foule sortait de l'église, en causant, et
riant comme des écoliers sortant de classe qui
cherchent à secouer les idées sérieuses émanées
du maître. Mon vieillard me dit alors :

« Le voyez-vous ? c'est lui.

— Qui ?

— Cet homme dont la voix me fit pleurer,
cet homme qui vient de répéter que Dieu est
miséricordieux pour le pécheur.

—Comment ! m'écriai-je, votre avocat du roi,
ce serait ce prêtre qui vient de prêcher ?

— Lui-même. »

Je contemplai avec plus de curiosité encore
les traits graves et sévères du digne ecclésias-
tique qui avait quitté la magistrature pour l'é-
glise, qui avait préféré l'humble soutane de
prêtre à la robe rouge de l'orateur judiciaire,
et je demandai encore à mon compagnon :

« Quel est donc le nom de ce saint homme ?

— L'abbé de Ravignan, me répondit-il en me cachant ses larmes.

UNE FÊTE

AUX GALÈRES.

I.

Tristesses et frayeurs.

L'ennui est un voile qui ensevelit
l'âme dans son enveloppe mortelle.
(Pope à *Délia.*)
Qu'est-ce que la vie?... Une pa-
nade sans sucre...
(Robert-Macaire.)

Nous avions usé tous les moyens de raviver
l'existence : le bal et ses flots d'or, d'encens et
de lumières, le jeu et ses poignantes émotions,
l'amour et ses fureurs jalouses, les arts et leurs
consolants attraits ; nous avions, Lillo et moi,
tout fait pour obtenir un sourire ou une larme,
et la Phrynée n'avait pas souri, et jamais un de

ces lympides diamants que fait naitre la douleur n'était tombé de l'azur de ses yeux.

« Par le Christ ! dis-je à Lillo, cette créature n'est point une femme, mais une statue de glace !... à quoi lui sert d'être fille de l'Italie, si son âme est sourde et muette, si sa vie doit se passer en contemplations impassibles ! »

En prononçant ces mots, je regardai la Phrynée... Qu'elle était belle cette femme dont la froideur faisait mon désespoir !... blanche comme une timide enfant d'Albion, c'est à peine si elle laissait voir un coin de ses épaules d'albâtre, car une forêt de cheveux d'ébène les dérobait à nos yeux ; nonchalamment couchée sur un divan bleu, sa main petite et rosée comptait machinalement les perles qui décoraient son cou ; elle était grande et divinement bien faite. Elle portait ce jour-là une robe en satin rose, ouverte sur le devant et serrée autour de la ceinture par une chevalière or et soie ; ses pieds de petite fille étaient couverts de mules en peau de tigre, et son bras gauche tenait emprisonné un charmant épagneul à la robe blanche et frisée, et dont les yeux malins luisaient dans le demi-jour de l'appartement comme deux émeraudes vivantes.

Lillo, mon bon frère, ne répondit pas à ma

plainte... Il espérait sans doute plus que moi de guérir cette cruelle et divine amie... à son âge, à quinze ans !... le bonheur est toujours dans le lointain, qui semble nous sourire et nous tendre les bras.

« Phrynée, demandai-je à la rêveuse. Phrynée, ma bien-aimée maîtresse !.... me hais-tu ?... me méprises-tu ?...

— Enfant! me répondit-elle, moi te haïr !.... te mépriser !... toi, si bon, si indulgent pour mes caprices! toi qui m'as ramassée de la fange où j'étais tombée pour m'élever jusqu'à toi !

— Silence ! silence ! adorable méchante, m'écriai-je, en m'emparant de sa main pour la poser sur mon front brûlant, qu'importe la situation abjecte dans laquelle je t'ai trouvée... La grenade vermeille, aux pepins parfumés, que le vent des orages a jetée sur la poussière des chemins en est-elle moins enfant de ces verts espaliers où le rossignol chante ses nouvelles amours ?... Le divin sauveur en est-il moins Dieu, parcequ'il a été flagellé, souffleté par les mains des hommes et cloué à la croix ?.... Non, cher ange, le malheur est pour les grandes âmes un attrait de plus, c'est une auréole brillante qui ne couronne que les grands courages...

— Merci, mon bon Juan, dit-elle, je t'estime

plus que tout le monde entier; je voudrais pouvoir t'aimer, mais je n'aimerai plus personne.

— Laisse-moi t'aimer seule, ma Phrynée, endors-toi près de moi comme l'enfant dans son berceau ; mais, dis-moi avant tout quel est le mal qui pâlit l'incarnat de tes joues... qui fait pencher ainsi avec tristesse ton beau front sur ton sein... Souffres-tu ?

— Oui.

— Quelle est ta maladie ?

— L'ennui!... »

Cette dernière parole fut prononcée avec un accent de douloureuse fatigue... il tomba sur mon cœur comme une masse de plomb... Je me retournai vers Lillo.

L'enfant était blanc comme un suaire!!!

Quelle pouvait être l'impression de mon frère, quelles étaient les causes de cette émotion soudaine ?... à quinze ans, on est ordinairement sans souci, sans ambition, sans craintes ; nulle chimère ne devait troubler cette petite tête aux cheveux blonds et bouclés ; cependant il avait pâli !...

Je me souvins alors que Lillo avait vu avec humeur la Phrynée installée chez moi. Bien qu'elle fût envers lui douce, polie et même affectueuse, Lillo la fuyait : sa présence semblait lui inspirer

.une terreur qu'il paraissait concentrer par anxiété pour moi... Il était peut-être jaloux de mon amour pour elle...

» Phrynée, dis-je après avoir réfléchi un instant, Phrynée, ma douce amie, il n'est pas un désir de votre âme qui ne soit accompli dès que vous l'avez formé ; parlez, je suis votre esclave... j'obéirai : s'il existe un coin sur terre où l'ennui ne puisse vous gagner, fallût-il pour y parvenir dépenser le dernier écu d'or de mon patrimoine, fallût-il braver les vents du ciel, les glaces de l'hiver et la foudre de l'été, nous partirons. La nuit arrive, ô mon amie, et avec elle, pour vous et pour moi la solitude, car c'est ainsi que vous l'avez voulu... Eh bien !... dans ces heures de silence, vous réfléchirez aux moyens de dissiper votre ennui... et demain...

— Demain... répéta-t-elle tristement.

— Demain, Phrynée, daignez laisser tomber de vos lèvres roses le souhait que vous aurez formé et votre voix sera obéie. Au revoir !

— Au revoir ! Juan, bon repos à mon ami sur terre !... »

Lillo et moi, nous sortîmes de l'appartement : au moment où j'allais me retirer, mon frère se jeta dans mes bras et me dit : « Juan, laisse-moi coucher près de toi ?...

— Pourquoi? mon ami, répondis-je ; ta couche est-elle dure ?... J'avais pourtant dit à ton valet Fabrice d'y jeter un coussin de plumes d'Allemagne ; aurais-tu froid ?... cela me paraît impossible, le brâsier de l'âtre brûle dans ta chambre même durant ton sommeil.

— Mon lit est doux comme l'ottomane d'un sultan, ma chambre est chaude comme une serre de plantes précieuses... Ce n'est pas cela qui me tourmente.

— Qu'est-ce donc ?

— J'ai peur !!

— Peur, ô mon frère, et de qui ?

— De Phrynée !...

— De Phrynée !! Et pourquoi aurais-tu peur d'elle ? les anges ne sont-ils pas faits pour s'aimer ? Phrynée ne cherche-t-elle pas à t'accabler de caresses, et n'est-ce pas toi, ingrat, qui échappes à ses blanches mains ?...

— Frère Juan ! dit Lillo d'un ton inspiré, notre mère qui dort au-dessus des nuages ou sous les chèvrefeuilles de notre jardin, notre bonne mère m'est témoin que je ne te mens pas. La Phrynée me fait peur, et je ne veux plus dormir dans la chambre à côté de la sienne.

— Enfin pourquoi ? petit fou !...

— Pourquoi ?... Attends que la nuit soit avancée, que les douze coups de minuit aient retenti à ta pendule antique, frère, et tu le sauras.

— Attendons minuit, puisqu'il le faut. Tiens, Lillo, approche-toi du feu, petit poltron ; prends un livre et tuons la demi-heure qu'il nous reste à attendre. »

Et tandis que mon frère, avec une gravité comique, essaya de lire un *Leibnitz* qui se trouvait sur le manteau de la cheminée, je roulai dans mes doigts une cigarette du Levant et parvins à m'ensevelir en peu d'instants dans d'épais tourbillons de fumée.

⚬

II.

Par le trou de la serrure !!!

« Pourquoi remues-tu ces os blan-
chis ?... c'est triste en diable, mon
bon Fritz !
    — Bah ! compère... tu plaisantes,
rien n'est gai comme la mort... c'es
la parodie de la vie   (SCHILLER.)

Une heure plus tard, nous étions, Lillo et moi, tremblants comme des espions, accroupis à la porte de ma mélancolique compagne. Cette porte servait à faire passer de la chambre de Phrynée à celle de mon frère ; mais, par esprit de convenance, depuis que la belle Vénitienne habitait ma maison, elle était condamnée, quoique Lillo ne parût pas un voisin bien dangereux. La clef manquait à la serrure, et, par le trou qu'elle devait occuper, nos yeux pouvaient plonger dans l'intérieur de l'appartement.

« Je ne vois rien, Lillo, dis-je à mon frère, rien que la lampe qui brûle sur sa table de marqueterie.

— Attends, frère, patience... ou elle se lèvera, ou elle est morte et ne peut plus se lever... »

Je collai pendant quelque temps mon oreille à la cloison : le silence parut continuer ; on n'entendait que le bruit du vent, et la cadence mélancolique des horloges indiquant la fuite du temps. Tout d'un coup, un craquement de lit retentit, et je vis la grande et majestueuse taille de Phrynée se dessiner dans les ténèbres...

Elle passa à la hâte ses pieds nus dans des sandales de cachemire, puis, couvrant ses épaules d'un manteau de velours noir, elle se jeta devant une armoire dans l'attitude d'une personne qui prie.

« La vois-tu ? me demanda Lillo.

— Sois muet, enfant, murmurai-je, intrigué au plus haut degré par cette scène nocturne. »

Quand Phrynée eut terminé cette oraison muette, elle porta la main à la clef de l'armoire et tira à elle quelque chose de forme longue et couleur noire. Il me sembla que ce coffre était pesant, car elle fit pour l'emmener sans bruit dans le milieu de l'appartement des efforts inouïs. La boîte mystérieuse arriva enfin devant son lit ; elle tira alors une petite clef de son sein, l'appliqua au cadenas, puis elle ouvrit le coffre.

« Vois-tu bien?... me dit Lillo, d'une voix tremblante.

—Silence! frère, par le Ciel, retiens ta langue et ton haleine!!... »

Le coffre une fois ouvert, on n'apercevait qu'une grande pièce de satin ponceau qui en recouvrait le contenu : Phrynée le souleva avec respect, puis elle tira de ses deux mains l'objet de ses recherches.

Je sentis Lillo tressaillir à mes côtés.

C'était un long et livide squelette que ma belle maîtresse tenait entre ses bras!... Tout ce qui rappelle la vie avait disparu de ce débris échappé à la tombe; il était intact, mais à la côte gauche, à l'endroit où le cœur battait pendant la vie, se trouvait une large fracture, produite en apparence par un coup de poignard.

Phrynée s'agenouilla auprès du coffre : elle l'embrassa en pleurant, elle appela trois fois Hermann, son amour, son bonheur évanoui, et des larmes s'échappèrent de ses yeux...

Puis, après ces démonstrations, se dépouillant de ses rubans de velours, elle en remplit le cercueil, s'inclina devant lui en joignant les

mains..., et puis elle ferma la caisse et la remit dans l'armoire...

Phrynée s'approcha ensuite de la glace, ar-
rangea sa magnifique chevelure, rétablit co-
quettement l'harmonie de ses boucles d'ébène
un peu dérangées, fit tous les préparatifs d'une
femme belle et frivole ; puis, soufflant sa lampe,
elle nous plongea dans la plus grande obscu-
rité.

A la pâle clarté des étoiles, je la vis pourtant
encore : Phrynée ma belle maîtresse, levait ses
yeux au ciel...

Lorsque je revins de mon extase, il me fallut
emporter Lillo dans ma chambre... l'enfant s'était
évanoui !

III.

Une Ordonnance.

C'est dans ce triste lieu que tu trouveras
la santé.   (*Le Docteur Noir.*)

Le lendemain, à l'heure où tout Paris s'é-
veille , nous étions tous trois, Lillo , Phrynée
et moi, réunis dans mon grand salon. Les fe-
nêtres donnaient sur la rue de Rivoli , et malgré
les voûtes basses qui masquent les maisons ,
nous pouvions distinguer les arbres verdoyans
du jardin des Tuileries , dorés par les premiers
rayons du soleil printannier. La Phrynée con-
templait avec un morne flegme les mouvements
du dehors. Penchée sur le bronze du balcon ,
son esprit semblait perdu dans un vague in-
fini... rien sur son visage immobile ne décélait
les troubles de la nuit, et j'eusse été tenté de
les prendre pour un rêve , si la figure pâle de

Lillo ne m'avait rappelé sans cesse les lugubres événements dont nous avions été les spectateurs silencieux.

« Sois discret, avais-je dit le matin même à mon frère, ne parles pas de cet horrible incident... qui sait si nous sommes en droit d'accuser Phrynée?... qui sait si nos brusques questions ne la chasseraient pas pour toujours de ce toit.

— Et si cela arrivait, Juan, me demanda l'enfant.

— Si cela arrivait ; répondis-je, si je perdais cette femme pour laquelle j'ai une si folle tendresse, tu pourrais disposer, Lillo, de cette épée que tu convoites et qui nous vient de mon père... car j'irais dormir dans la tombe...

Lillo ne répondit rien. . il me fit seulement signe de la main qu'il se tairait.

Il y avait déjà quelques instants que nous étions tous trois plongés dans une sombre rêverie, lorsque j'adressai la parole à ma belle et stoïque maîtresse :

« Phrynée, lui dis-je, avez-vous fait un vœu ?..... avez-vous réfléchi durant la nuit dernière au désir que vous pourriez ressentir?... Parlez, mon adorée, dites-nous quelles sont les contrées où vous voulez porter vos pas?...

— Juan, répondit la Phrynée, il n'est qu'un terre qui puisse me rendre le bonheur et l paix..... c'est celle où disparaîtra mon cer cueil !..,

— Folle, m'écriai je, à trente ans, alors qu toutes les roses de la jeunesse. et de la beau vous couronnent... à l'âge des triomphes et de amours vous voulez mourir. Oh ! ce n'est pa possible, cela ne sera pas, et puisque vous n'ave pas trouvé de remède à vos maux, j'en décou vrirai un, si Dieu me prête son aide...

— Quel enfantillage, fit la Phrynée en m donnant à lier la faveur blanche qui joignait le dentelles de ses gants.

— Il n'y a pas d'enfantillage, il y a un pro‐blème de médecine à résoudre... la guérison des humeurs noires, des tristes préoccupations.... et nous vous guérirons malgré vous, ma belle hypocondriaque.

— Par quel moyen ?

— Par le secours d'un docteur de mes amis, nouvellement arrivé de Barcelonne... Oh ! c'est un savant qui lit dans les pensées comme dans un livre ouvert.

— Et quand me présenterez-vous ce mer‐veilleux guérisseur ? demanda ironiquement Phrynée.

— Demain, ce soir peut-être.

— Quand il vous plaira, mon ami, reprit-elle avec plus de douceur, mais ce sera de la science dépensée mal à propos... on ne guérit pas les paralysies de l'esprit et du cœur... et les blessures qui ne saignent pas sont les plus dangereuses. »

La Phrynée, en prononçant ces mots, se disposait à se lever, lorsqu'un valet parut sur le seuil de la porte.

— Qu'y a-t-il, Fabrice, demandai-je.

— C'est une malle qui vient de Venise, et que deux commissionnaires apportent à l'adresse de la signora Phrynée.

— A mon adresse ? dit la Phrynée en pâlissant.

— Faites-la déposer provisoirement ici, Fabrice, répondis-je ; madame la fera transporter quand elle voudra dans son appartement.

Puis me tournant vers l'Italienne.

— Vous ne m'aviez pas averti, lui dis-je en souriant, que vous attendiez cet envoi.

— Oh ! répliqua-t-elle, c'est... que... je ne l'attendais pas si tôt... ce sont des livres, quelques papiers de famille... un ami devait me les adresser...

En ce moment les deux commissionnaires

apportèrent la malle. Elle était d'environ quatre pieds de longueur et en forme de valise. Malgré le cadenas assez fort qui en fermait l'ouverture, la main prudente de l'expéditeur l'avait entourée de cordes rigoureusement serrées les unes contre les autres.

Mes yeux, un instant fixés sur cet envoi, assez ordinaire comme on peut le voir, furent bientôt distraits par un tableau plus touchant. La Phrynée se sentit tout-à-coup frappée d'une subite indisposition... elle chancela et tomba sans connaissance... Aidé du fidèle Fabrice et de mon frère, je la transportai sur son lit, et une lettre fut envoyée immédiatement au docteur Marcel, dont j'avais déjà fait l'éloge.

Pendant que nous entourions la malade, Lillo passait curieusement en revue cette chambre terrible où chaque nuit un cadavre était exhumé du cercueil!... La porte de l'armoire mystérieuse était fermée à clef... tous les meubles étaient à leur place accoutumée... la seule chose qui me frappa fut le billet suivant, que Lillo ramassa à terre et qui était tout entier écrit de la main de mon notaire :

Le comte Juan d'Orsanville a fait les guerres d'Italie. Il a eu un demi million de fortune. Il lui reste cinquante mille francs.... C'est un

*homme d'honneur, mais un esprit fort enthou-
siaste.*

« Tiens, pensai-je, pour que de pareils rensei-
gnements ont-ils été pris ou donnés ?.... la
Phrynée craindrait-elle de me ruiner ?... espé-
rerait-elle un héritage ? Je m'y perds... attendons que le temps éclaircisse tout cela. »

Et faisant un signe à mon frère, je laissai la
Phrynée à la garde d'une vieille gouvernante,
la providence des malades.

— Monsieur le comte, dit Fabrice, s'il venait quelques visites, cette malle qui se trouve
au salon serait gênante. Voulez-vous que je la
transporte chez madame ?

— Non, Fabrice, répondis-je, cela trouble-
rait son repos ; il faut éviter le bruit... porte
cette malle dans ma chambre en attendant
qu'elle la fasse demander.

La journée s'écoula aussi tristement qu'elle
avait commencé. Phrynée tomba dans un long
abattement auquel succéda un sommeil agité.
Lillo, bercé par les émotions fortes qu'il
avaient ressenties, se fit faire un lit dans une
alcôve près de ma chambre et s'endormit bientôt. Moi-même je me couchai, et pour m'endor-
mir plus facilement j'éteignis ma bougie.

Tout-à-coup il me sembla entendre quelque

chose de sourd et de cadencé comme une respiration humaine!... Le bruit continuait par intervalles et se détachait clairement au milieu du silence de la nuit.... Ma porte était barrée par deux énormes verroux... Ce ne pouvait être Lillo, dont je connaissais parfaitement le sommeil bruyant... quel pouvait donc être le souffle mystérieux qui se faisait ainsi entendre à mon oreille... Je voulus le savoir, et pour y parvenir je feignis d'être profondément endormi...

Alors mes yeux virent la chose du monde la plus surprenante. La malle venant de Venise, ainsi que l'avaient prétendu les commissionnaires, sembla s'animer tout-à-coup... On se souvient que je l'avais fait porter dans mon appartement. Elle remua quelques instants, puis la partie supérieure se leva comme par enchantement, et donna passage à un être affreux, le type de la laideur.

C'était un homme aux cheveux et à la barbe roux, gros, et dont la taille ne dépassait pas celle d'un enfant de cinq ans. Il portait un costume bourgeois assez rapé, autant que je pus en juger à la clarté de la lune... Ses yeux ronds et gris luisaient dans les ténèbres comme ceux d'un chat... Il sauta de sa singulière prison avec une légéreté extraordinaire.

Je retins mon haleine et je couvris ma tête avec mon drap... Confiant en ma force, je résolus de savoir le mot de cette étrange énigme.

L'homme roux, s'approchant de mon lit, me dit : « femme, me voici ; il y a quatre mois que tu habites cette maison... Il est temps d'en finir... Hermann s'impatiente !...

— Hermann ! pensai-je .. Il vit donc ? Ce n'est donc pas le squelette de l'armoire ?

— M'entends-tu, femme !... Il y a trois mois qu'il attend une victime, et ta rage s'est donc émoussée .. Ton bras ne frappe donc plus ?... Réponds ?...

— Ami, dis-je en déguisant ma voix, je suis malade... mais parle...

— Ecoute, dit le monstre, je sais que tes blanches mains sont timides, aussi je viens, moi, te servir... Il faut se débarrasser du comte la nuit prochaine et ensanglanter les mains et la couche de son frère... Je le ferai... Et la victime sera belle... Un enfant de quinze ans......

— Horreur ! fis-je....

— Mon arrivée t'a ôté les forces et la voix, femme... De ma cachette je t'ai entendu tomber et te plaindre... Mais Hermann le veut !...

Il faut lui obéir... Dis-moi, femme, quelle e
la chambre du comte Juan ?

Je n'osai pas répondre.

— Répondras-tu ?..... Comment veux - tu
folle, envoyer au bagne ce jeune damoisea
sans me donner cette indication ?...

Après avoir dit ces mots, le monstre mit l
main sur ma couverture et la tirant à lui il laiss
ma figure à découvert.

— Enfer et mort ! s'écria-t-il en essayant d
s'échapper... je suis perdu... ce n'est pas elle...

— Non, lui dis-je, mais c'est moi, et je
saurai ton secret si ton corps n'est pas broyé
dans mes deux mains.

Alors commença entre nous une lutte af-
reuse, lutte que n'éclairait que la pâle clarté de
la nuit... Je saisis le nain par la jambe gauche,
mais il me mordit avec tant de force à la main
qu'il m'eût coupé le doigt majeur avec ses dents
si je n'eusse lâché prise ; il essaya de nouveau
à fuir, mais je le retins par la gorge et lui appli-
quai un coup de poing sur la tempe, lancé de
toute la force de mon bras... en essayant de
l'esquiver, il le reçut au-dessus de l'œil gauche,
Il fit trois pas en arrière en chancelant.... Il
hurla de rage, et, sautant comme un lévrier,
m'enfonça ses dents dans le cou : le sang coula..

je chancelai... Le monstre profita de ma douleur pour s'échapper de nouveau, et s'élança en rugissant comme un tigre dans l'alcôve de Lillo.

« Seigneur! m'écriai-je, sauvez ce pauvre enfant! » Je courus à l'alcôve : une main grattait à la seconde porte conduisant au grand escalier de l'hôtel... je la reconnus... c'était celle du nain... Je la saisis pour ne plus la lâcher, et, prenant le fugitif par le milieu du corps, je le garottai avec mon mouchoir de nuit, puis j'allumai ma bougie.

Un des plus grands malheurs que je redoutais était la mort de mon frère, que le monstre aurait pu égorger pendant qu'il dormait... Quelle fut ma joie en trouvant l'alcôve vide... le lit n'avait pas été défait, Lillo ne s'était pas couché !

Je retournai à l'horrible roux, qui gesticulait en cherchant à briser ses liens.

« Veux-tu la vie ?

— Oui, me dit-il.

— Eh bien !... rentre dans cette boîte et suis mes ordres sans murmurer.

— Je t'obéirai, mais sauve-moi de l'échafaud.

— Nous verrons plus tard !....

Après ce court colloque, je déliai le nain ;

il entra sans faire de difficulté dans son coffre...
ses forces étaient épuisées...

« Qui me nourrira? demanda-t-il pourtant.

— Moi; sois sans craintes. »

Et fermant la malle, je l'enfermai dans un cabinet noir adjacent à ma chambre, dont je pris la clé.

« Maintenant, me dis-je, nous saurons tôt ou tard le mot de l'énigme. . . . .

. . . .

. . . .

» Eh bien, docteur, demandait ironiquement le lendemain la Phrynée au docteur Marcel, où faut-il aller pour chasser mon ennui?...

— Dans sa patrie, dis-je, dissimulant mes projets.

— Dans le monde? risqua Lillo.

— Non, répondit le docteur.

— Où donc?

— Au bagne!... »

La Phrynée bondit comme un taureau blessé.

« Au bagne!... s'écriait-elle, éperdue!...

— Au bagne de Cadix, dit le docteur, en fixant sur la Phrynée ses yeux inquisiteurs: c'est là qu'est le remède à votre mal.... »

IV.

Les Galères de Cadix.

Séjour du crime et des expiations.

(Beldamino.)

Quelques semaines après nous étions en Espagne, à Cadix, la jolie ville aux joyeuses chansons, aux danses poétiques, qui jette ses refrains au vent , et ses fleurs à la Méditerrannée.

J'écrivis aussitôt que nous fûmes arrivés à Félucès Gomez , espagnol de distinction qui était inspecteur des galères , et que j'avais connu jadis à l'armée.

Félicien me fit aussitôt parvenir l'invitation de me rendre chez lui avec toute ma suite. Lillo, partit souffrant de Paris, semblait reprendre en respirant l'air du Midi. La Phrynée, pour la première fois peut-être depuis notre liaison, était vivement agitée... La cause était facile à deviner : le lendemain du jour où son évanouissement eut lieu, elle me réclama sa malle, son coffre venant de Venise... Je répondis que je

6

l'avais enfermé dans ma voiture de bagages, et qu'elle était alors en route pour Toulon... Ell frémit à ces mots pour le sort de cet êtr mystérieux dont moi-même j'ignorais encore l nom, mais que je nourrissais secrètement pou pouvoir plus tard me servir de ses révélations. Le nain était venu jusqu'à Toulon escorté par le fidèle Fabrice, auquel j'avais confié mon secret, et qui, ayant une peur affreuse du monstre, lui faisait passer sa nourriture sans jamais ouvrir la boîte, à laquelle j'avais fait ajouter un énorme cadenas.

Je me transportai avec Lillo et la Phrynée chez Félicien. Il nous reçut avec une dignité toute aristocratique. Il occupait dans le bagne un pavillon élégamment décoré. Tout le confortable de la vie parisienne s'y trouvait réuni. Les meubles de Boule, la porcelaine de la Chine, les tapis d'Aubusson, les tentures de velours épinglé, l'or et la soie se faisaient remarquer de tous côtés. Le voluptueux Félicien, indolent comme un sultan, était couché sur un divan et fumait dans une pipe d'écume le tabac jaune et parfumé de la Virginie.

« Ah! c'est ce cher Juan, s'écria-t-il en me serrant dans ses bras; puis après avoir salué Lillo et la pâle Phrynée, il sonna violemment.

Deux forçats parurent à la porte. Ils portaient le costume des galères : le gilet blanc et bleu , marques d'une condamnation à perpétuité. Seulement au bas de ce bonnet on distinguait un galon d'argent... C'était la livrée de Félicien.. Les deux malheureux faisaient partie de sa maison.

—Dubois, cria Félicien à l'un de ses étranges grooms, un fauteuil à madame. »

Mais le galérien ne se pressait pas d'obéir... Les yeux fixés sur l'adorable visage de la Phrynée, il semblait perdu dans une vague rêverie.

— Gibier de potence ! hurla Félicien, depuis quand tes yeux gris se permettent-ils de se reposer sur une femme... Est-ce depuis que tu as coupé la tienne par morceaux ?

— Tiens, fit Dubois, j'en étais las... Il y avait trois mois qu'elle me trompait , je me suis vengé.

— Ah! ah! Lovelace, dit Félicien, en tendant à Dubois son pied d'où venait de s'échapper une pantouffle brodée : « Chausse-moi, don Juan, et rappelle-toi de ne jamais exercer tes séductions dans mes salons ou je te fais appliquer la bastonnade.

Dubois fit entendre un sourd rugissement,

enfonça la pantoufle au pied de son patron et sortit.

L'autre forçat se mit à ranger les meubles comme l'eût fait le plus soigneux de nos Frontins modernes. Il était petit et grêle, mais d'une figure fort spirituelle. Quand il eut achevé, il s'approcha de son maître et rétablit l'harmonie dans les boucles de ses cheveux et les plis de son jabot.

— Avez-vous encore quelque chose à m'ordonner? demanda-t-il.

— Non, *bonheur du jour*, tu peux retourner à l'office.

— Quel étrange nom? m'écriai-je.

— Ah! me dit l'administrateur, c'est moi qui l'ai baptisé ainsi... Tel que vous le voyez, avec sa petite mine doucereuse, il a déjà volé trente hommes.. Mais il a eu soin de préméditer les apparences de la non préméditation... pour éviter la peine de mort.

— Quel a pu être l'instinct qui l'a poussé au crime? demandai-je.

— La coquetterie, répondit le galérien. J'aimais à être bien mis... à aller en voiture, à avoir des domestiques, des maisons de campagne...

J'ai fait gagner en 17... plus de 50,000 f. au café de Paris... Tout ça est fort cher..... Ah ça fait-il toujours ses affaires, le Café de Paris? monsieur.

— Je l'ignore, répondis-je, j'y vais rarement.

— Il fait trop de crédit, ça doit leur faire de grandes pertes...

— *Bonheur du jour*, interrompit Félicien, cesse ta conversation et va faire afficher dans les salles ce placard.

— Oui, maître, répondit le condamné, et il prit en main l'affiche, qui était conçue à peu près en ces termes :

ORDONNANCE DU COMMISSARIAT POUR LA

GRANDE FÊTE,

qui sera célébrée demain 1er mars 17.....

Article premier. Toute la journée les forçats occupant le bagne et les pontons seront dispensés de travail.

Art. 2. Les escouades pourront se réunir et faire des pique-niques avec la solde et le supplément des vivres qui seront distribué.

Art. 3. Les hommes recommandés à la clémence royale se rendront au secrétariat-général. Ils devront se munir de souliers.

Art. 4. Le bruit devra cesser et toute lumière

tolérée aujourd'hui être éteinte au coup de sif
flet du soir.

DISPOSITIONS PÉNALES.

Sera puni de mort sur l'échafaud et exécuté
devant les forçats à genoux.

1° Tout condamné qui frappera un agent.

2°   id.   qui tuera son camarad
de chaîne.

3°   id   qui se révoltera ou occa
sionnera une révolte.

Sera puni de trois ans de double chaîne :

1° Tout condamné qui s'évadera ; de plus
trois ans de prolongation de peine lui seron
appliqués.

2° Tout forçat qui volera une somme au
dessus de 5 f.

Sera puni de la bastonnade :

1° Tout forçat ayant limé ses fers (Soixant
coups).

2° Tout forçat qui se sera enivré (Vingt cin
coups).

3° Tout forçat sur lequel on trouvera plus d
10 f. (Quinze coups.)

Cette bizarre proclamation, que nous lûme

en silence, fit sur la Phrynée un effet visible.
Ses lèvres devinrent blanches d'effroi ; ses yeux
prirent une expression de terreur qu'elle cher-
chait en vain à dissimuler. Je l'observai avec
attention, très résolu de connaître le mystère
de cet étrange et fatale organisation.

« Pardonnez-moi, nous dit Félicien, si je
m'occupe de travaux administratifs devant
vous, mais c'est demain un grand jour, le seul
jour de fête accordé aux galériens.

— Ah ! c'est un jour de réjouissance pour les
condamnés, observa Lillo avec une grâce enfan-
fantine.

— Et ajoutez, Monsieur, répliqua Félicien,
un jour d'ennui pour leur gardien... Oh ! puisque vous désirez voir le bagne, vous ne pouviez
choisir de meilleur époque : vous verrez le
crime dans ses joies, les rires de l'assassin.....
Vous entendrez les calembourgs des voleurs et
les quolibets des faussaires... C'est pour l'obser-
vateur un curieux tableau... Il est dommage
seulement qu'Isiris n'y soit pas.

— Qu'est-ce qu'Isiris ? fis-je à notre cicé-
rone.

— Comment, vous ne le connaissez pas ? sa
renommée n'est point encore parvenue jusqu'à
vous ? Isiris est un forçat qui a été condamné

pour crime d'empoisonnement, et qui, depui
six ou sept ans s'évade trois fois par année et re
vient prendre ses fers.

— Mais, dit Lillo, on ne peut donc pas l'em-
pêcher de fuir ?

— Comment faire ? répondit l'administrateur,
un homme passe difficilement devant les gardes;
mais un nain...

— Un nain ! m'écriai-je, frappé d'une pensée
subite.

— Un véritable Lilliputien, laid comme une
chouette et roux comme un cosaque !... Il ne
tardera pas à reparaître pourtant, car il n'a jamais manqué à la fête annuelle.

— Plus de doute, pensai-je, le nain c'est le
monstre que je tiens captif... Parbleu, maintenant je saurai dénouer le nœud de cette diaboli-
que intrigue.

— Ah ça, mes hôtes, nous dit Félicien, je
vous ai fait disposer un appartement ici ; vous y
serez parfaitement en sûreté... Vous y pourrez
lire à loisir dans le cœur des coupables, si comme
je le pense c'est un cours de philosophie que
vous venez faire dans ce lieu d'expiation.

— Merci, mon ami, répondis-je, notre visite
a pour but de rétablir le moral de cette jeune
dame, une de mes parentes à laquelle je m'inté-

resse. Un célèbre docteur lui a prescrit cette bizarre ordonnance.

— Nous ferons de notre mieux pour qu'elle soit sagement appliquée, dit l'administrateur avec galanterie. Je ne veux pas, quant à présent, vous retenir plus longtemps... Vos chambres sont prêtes, et vous devez désirez peut-être de prendre quelque repos. Je vais donner les ordres nécessaires pour qu'une garde d'*éprouvés* veille à vos portes. »

Félicien sonna. *Bonheur du jour*, le voleur fashionable montra à la porte sa face rieuse.

—Dis à mon secrétaire de m'envoyer ici trois éprouvés : des gens comme il faut; pas de canaille... de l'aristocratie pure, si c'est possible.

— Oui, maître.

Pendant que je m'extasiais en idée sur cet ordre, les forçats demandés arrivèrent escortés d'un gardien.

Le premier était un grand brun, d'une figure noble et fière.

— Numéro 1142, demanda Félicien, qu'as-tu été dans le monde ?

— Marquis de Bonbazino, répondit le condamné.

A ce nom, la Phrynée frissonna de tous ses membres.

—Et toi, 1172? continua notre ami en s'adressant au second.

— Comte de Rugervilli, répliqua celui-ci.

La Phrynée tordant ses délicates mains dans un accès de délire inconcevable, se roula sur son fauteuil avec angoisses. Félicien ne s'en aperçut pas; il n'y eut que Lillo et moi qui l'observâmes.

—Et vous, digne vieillard, dit encore le fonctionnaire, avant que le bonnet bleu ne recouvrit vos cheveux d'argent, que faisiez-vous?

— Ma fortune! répondit le condamné d'une voix grave... J'étais négociant. Le glaive de la loi est venu frapper ma vieillesse.

—Et quelle a été la cause de votre ignominie à tous trois?

— La même, répliquèrent les forçats... l'amour d'une femme!!!!!

La Phrynée essaya de se lever; ses jambes fléchirent sous elle.

—Eh bien! messieurs, puisque vous avez été chevaleresques et galants jusqu'au crime, vous aurez à remplir une mission aujourd'hui qui ne sera pas sans poésie, une tâche de confiance que je vous donne.

Les malheureux s'inclinèrent.

— Vous veillerez à la porte de cette belle dame pendant toute la nuit.

Les trois forçats saluèrent de nouveau et s'avancèrent vers ma pâle maîtresse. Tout-à-coup quatre cris s'échappèrent à la fois...

— Phrynée!... crièrent les condamnés.

— Horreur!... exclama ma compagne, blanche comme un linceul; sauvez-moi de ces hommes! sauvez-moi!

— Obéissez, chiens de potence! dit tout-à-coup une voix impérieuse qui se fit entendre à la porte d'entrée.

A ces mots la Phrynée se tut comme par enchantement; les forçats imitèrent son exemple. Il sembla que le beau jeune homme qui venait d'entrer avait calmé toutes les craintes.

—Dites à votre jeune dame qu'elle ne craigne rien, observa Félicien. Mon secrétaire répond de ces drôles.

— Comment se nomme-t-il, votre secrétaire?

—Hermann, répondit mon ami; c'est un bien singulier garçon, allez... je vous ferai faire sa connaissance.

C'était ma foi un cavalier de bonne mine que cet Hermann; il paraissait avoir trente ans ; son visage d'une grande beauté portait l'empreinte d'un caractère vindicatif et méchant. Sa taille était haute et majestueuse, il était vêtu d'une redingote en drap vert , coupée d'après la dernière création du jour, et d'un pantalon gris d'une étoffe fort fine ; sa tête était nue ; enfin sous le bonnet bleu qui dépassait au-dessus de son collet et qu'on aurait pu prendre pour un transparent, rien ne décélait qu'il fût un forçat., pas même la chaîne imperceptible qui tombait avec une certaine coquetterie sur sa botte de maroquin verni.

— Phrynée ici, se dit-il tout bas , au moment où nous sortions du salon de Félicien !... damnation.

— Juan , mon pauvre ami, me dis-je à mon tour , il faut découvrir cette iniquité qui cherche à conserver le voile du mystère... attendons.

Je suivis mon guide, qui me mena dans mon appartement. A peine y étais-je arrivé que j'entendis ce singulier colloque.

— Chiens , disaient les gardiens de la chiourme aux trois forçats que l'on avait établi de planton à ma porte, si vous bougez du lieu où vous voilà attachés , nous vous ferons périr sous le bâton.

— Mais , observa le comte , nous aimons

mieux la bastonnade qu'une semblable humi-
liation.

— Moi , observa le vieux négociant , je ne ferai jamais sentinelle à la porte de celle qui m'a
déshonoré.

— Ni moi , lui répondit le troisième

On ne répondit pas à ces protestations......
j'entendis seulement les coups de canne réson-
ner sur les épaules des infortunés, et le bruit
des anneaux que l'on rivait au plancher... puis
quelques murmures sourds... puis rien...

Le restant de la journée se passa en occupa-
tions d'installation. Pour plus de sûreté je fis
venir toutes les malles dans ma chambre, afin
que personne , dans ce lieu de douleurs et de
crimes, ne fût tenté de voler nos effets en se
fiant sur la faiblesse de Lille ou de la Phrynée,
dont les appartements étaient contigus aux
miens.

Quand la nuit fut venue et que le dernier coup
de sifflet du silence eut retenti dans les six salles
du bagne , je saisis ma bougie , et j'ouvris ma
porte. Les trois forçats me regardèrent d'un
air menaçant ; ils croyaient peut être que j'allais
insulter leur misère.

« Amis ! leur dis-je, je suis un peu poète ,

et sous quelque habit que se montre l'homme, je l'aime et le plains comme un frère. »

Les yeux des pauvres forçats se remplirent de larmes...

« Ecoutez, continuai-je, tantôt, lorsque M. le commissaire vous apprit le poste nocturne qu'il vous destinait, vous avez fait un cri de surprise, de colère peut-être... Vous avez reconnu la femme qui m'accompagne.

— Phrynée ? dit le vieux négociant.

— Oui, répondis-je; d'où savez-vous son nom ?

— Parce que j'ai vécu bien longtemps avec elle, murmura le vieillard..... Elle me rencontra au déclin de ma vie, alors que j'avais encore quelque pas à faire pour arriver honorablement à ma tombe... Elle m'a fait renaître à l'amour... pour mieux m'entraîner dans l'abîme où elle voulait me jeter. C'était un jour de printemps que l'on vint m'arrêter...

— Moi, dit le forçat qui avait été comte, j'ai été jeté dans les fers comme assassin... Mon pauvre père fut trouvé égorgé dans son lit... Il était mort de deux coups de couteau au cœur... La justice découvrit dans ma chambre le couteau sanglant, et j'avais des taches rouges à mon linge ! ... On me jugea coupable... on me prit pour un parricide.

—Et vous accusez la Phrynée de cet épouvantable crime? demandai-je.

— Certes, répliqua-t-il, il n'a pu être fait que par sa main. Personne n'approchait le pavillon où reposait mon malheureux père, si ce n'est elle et moi... et je jure sur mon ame, monsieur, que je suis innocent.

— Je le crois, répondis-je; vous avez dans vos discours cet accent de vérité qui pénètre et persuade... Et vous? demandai-je au marquis que vous a-t-elle fait faire, cette femme.

— J'étais marié, monsieur, marié à une femme charmante et bonne comme la vierge.... un soir on la trouva morte... les médecins prétendirent que sa fin n'était pas naturelle... On ouvrit son corps et l'on y trouva de l'arsenic... on fit des recherches chez moi... il y avait deux onces d'arsenic dans ma commode!.. cependant, chose étrange, tous les pharmaciens de la ville que j'habitais prétendirent que depuis six mois on n'avait vendu une aussi forte quantité de ce terrible poison.

— Et cette femme est avec moi, m'écriai-je,

— Avec vous!... dirent les condamnés, que Dieu veille sur vous, car vous touchez à de grands dangers. .

En ce moment l'horloge du bagne sonna une heure... Je ne croyais pas qu'il fut si tard... De longs cris d'allégresse, des hurlements sauvages se firent entendre aussitôt... puis un hourrah soutenu par de vigoureux poumons fit trembler les murailles ! ! !

« Adieu, messieurs, dis-je aux forçats en sentinelle ; je n'oublierai pas vos révélations et vos conseils... je vous en prouverai plus tard ma reconnaissance, et soyez assurés que le grand jour de la vérité luira pour vous.

En prononçant ces paroles, je les saluai du geste et je m'empressai de rentrer chez moi.

Là, une scène nouvelle m'attendait. Hermann, le secrétaire, était debout devant moi... froid et impassible comme une statue de marbre.

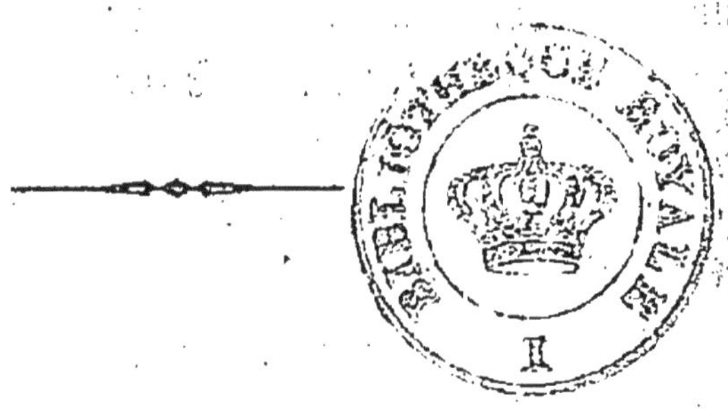